BILBO
JEUNESSE

Gilles Tibo

Illustrateur depuis plus de vingt ans, Gilles Tibo est reconnu pour ses superbes albums, dont ceux de la série *Simon*. Enthousiasmé par l'aventure de l'écriture, il a créé d'autres personnages. Il s'est laissé charmer par ces nouveaux héros qui prenaient vie, page après page. Pour notre plus grand bonheur, l'aventure de Noémie est devenue son premier roman.

Louise-Andrée Laliberté

Quand elle était petite, pour s'amuser, Louise-Andrée Laliberté inventait toutes sortes d'histoires pour décrire ses gribouillis maladroits. Maintenant qu'elle a grandi, les images qu'elle crée racontent elles-mêmes toutes sortes d'histoires. Louise-Andrée crée avec bonne humeur des images, des décors ou des costumes pour les musées et les compagnies de publicité ou de théâtre. Tant au Canada qu'aux États-Unis, ses illustrations ajoutent de la vie aux livres spécialisés et de la couleur aux ouvrages scolaires ou littéraires. Elle illustre pour vous la série *Noémie*.

Série Noémie

Noémie a sept ans et trois quarts. Avec Madame Lumbago, sa vieille gardienne qui est aussi sa voisine et sa complice, elle apprend à grandir. Au cours d'événements pleins de rebondissements et de mille péripéties, elle découvre la tendresse, la complicité, l'amitié, la persévérance et la mort aussi. Coup de cœur garanti !

Noémie

Grand-maman fantôme

Du même auteur chez Québec Amérique

Jeunesse

SÉRIE PETIT BONHOMME

Les mots du Petit Bonhomme, album, 2002.
Les musiques du Petit Bonhomme, album, 2002.
Les chiffres du Petit Bonhomme, album, 2003.
Les images du Petit Bonhomme, album, 2003.
Le corps du Petit Bonhomme, album, 2005.

SÉRIE PETIT GÉANT

Les Cauchemars du petit géant, coll. Mini-Bilbo, 1997.
L'Hiver du petit géant, coll. Mini-Bilbo, 1997.
La Fusée du petit géant, coll. Mini-Bilbo, 1998.
Les Voyages du petit géant, coll. Mini-Bilbo, 1998.
La Planète du petit géant, coll. Mini-Bilbo, 1999.
La Nuit blanche du petit géant, coll. Mini-Bilbo, 2000.
L'Orage du petit géant, coll. Mini-Bilbo, 2001.
Le Camping du petit géant, coll. Mini-Bilbo, 2002.
Les Animaux du petit géant, coll. Mini-Bilbo, 2003.
Le Petit Géant somnambule, coll. Mini-Bilbo, 2004.
Le Grand Ménage du petit géant, coll. Mini-Bilbo, 2005.

SÉRIE NOÉMIE

Noémie 1 - Le Secret de Madame Lumbago, coll. Bilbo, 1996.
  • **Prix du Gouverneur général du Canada 1996**
Noémie 2 - L'Incroyable Journée, coll. Bilbo, 1996.
Noémie 3 - La Clé de l'énigme, coll. Bilbo, 1997.
Noémie 4 - Les Sept Vérités, coll. Bilbo, 1997.
Noémie 5 - Albert aux grandes oreilles, coll. Bilbo, 1998.
Noémie 6 - Le Château de glace, coll. Bilbo, 1998.
Noémie 7 - Le Jardin zoologique, coll. Bilbo, 1999.
Noémie 8 - La Nuit des horreurs, coll. Bilbo, 1999.
Noémie 9 - Adieu, grand-maman, coll. Bilbo, 2000.
Noémie 10 - La Boîte mystérieuse, coll. Bilbo, 2000.
Noémie 11 - Les Souliers magiques, coll. Bilbo, 2001.
Noémie 12 - La Cage perdue, coll. Bilbo, 2002.
Noémie 13 - Vendredi 13, coll. Bilbo, 2003.
Noémie 14 - Le Voleur de grand-mère, coll. Bilbo, 2004.
Noémie 15 - Le Grand Amour, coll. Bilbo, 2005.

La Nuit rouge, coll. Titan, 1998.

Adulte

Le Mangeur de pierres, coll. Littérature d'Amérique, 2001.
Les Parfums d'Élisabeth, coll. Littérature d'Amérique, 2002.

Noémie
Grand-maman fantôme

GILLES TIBO
ILLUSTRATIONS : LOUISE-ANDRÉE LALIBERTÉ

QUÉBEC AMÉRIQUE Jeunesse

Catalogage avant publication de Bibliothèque et Archives Canada

Tibo, Gilles
Grand-maman fantôme
(Noémie ; 16)
Bilbo ; 160)
ISBN-13: 978-2-7644-0498-0
ISBN-10: 2-7644-0498-0
I. Laliberté, Louise-Andrée. II. Titre. III. Collection: Tibo, Gilles. Noémie ; 16. IV. Collection: Bilbo jeunesse ; 160.
PS8589.I26G724 2006 jC843'.54 C2006-941051-8
PS9589.I26G724 2006

Conseil des Arts du Canada Canada Council for the Arts

Nous reconnaissons l'aide financière du gouvernement du Canada par l'entremise du Programme d'aide au développement de l'industrie de l'édition (PADIÉ) pour nos activités d'édition.

Gouvernement du Québec – Programme de crédit d'impôt pour l'édition de livres – Gestion SODEC.

Les Éditions Québec Amérique bénéficient du programme de subvention globale du Conseil des Arts du Canada. Elles tiennent également à remercier la SODEC pour son appui financier.
Québec Amérique
329, rue de la Commune Ouest, 3e étage
Montréal (Québec) H2Y 2E1
Téléphone: (514) 499-3000, télécopieur: (514) 499-3010

Dépôt légal: 3e trimestre 2006
Bibliothèque nationale du Québec
Bibliothèque nationale du Canada

Révision linguistique : Liliane Michaud et Diane Martin
Mise en pages : Andréa Joseph [PageXpress]

Imprimé au Canada

Pour Angélia,
celle qui danse sa vie…

-1-

Pauvre grand-maman

Ma belle grand-maman Lumbago n'est plus comme avant. Elle semble perdue dans ses pensées... Avant-hier, je lui ai demandé si elle voulait m'accompagner au parc. Elle m'a répondu qu'elle préférait les tartes aux pommes... Hier, je lui ai demandé l'heure. Elle m'a répondu qu'il restait de la crème glacée dans le réfrigérateur... Et ce matin, elle m'a souhaité une bonne nuit pendant qu'elle cherchait une recette de poulet dans l'annuaire téléphonique... C'est quand même étrange!

À mon retour de l'école, je monte chez ma grand-maman Lumbago. Elle m'attend sur le balcon. C'est la première fois de ma vie qu'elle m'attend sur le balcon. Je lui dis:

—Bonjour, grand-maman. Ça va bien?

—Oui, oui, répond-elle en fixant les nuages.

Étrange, très étrange. Il me semble que ma grand-mère ne regarde jamais les nuages. C'est peut-être un hasard, ou le fruit de mon imagination. Alors, je décide de faire un test pour étudier ses réactions. Je lui demande ce qu'elle a préparé pour le souper. Elle me répond:

—Du potage au brocoli!

Étrange, très étrange. Chaque fois que je vais manger chez

elle, elle me prépare sa superbonne lasagne gratinée.

Mine de rien, je continue mon enquête en lui demandant si elle veut m'accompagner au parc. Chaque fois, elle me dit: «Oui, ma belle Noémie d'amour.» Mais aujourd'hui, elle me répond:

—Hum... je ne sais pas si j'aurai le temps...

—Qu'est-ce que vous avez à faire?

—Heu... rien...

—Mais alors, si vous n'avez rien à faire, pourquoi ne pas venir au parc avec moi?

Grand-maman ne répond pas. Elle me caresse les cheveux, puis le front, puis les joues... Ensuite elle murmure:

—Veux-tu ta collation?

—Heu, oui!

—D'accord, viens avec moi!

Et là, plutôt que de rentrer dans la maison, ma grand-mère me tire par la main et m'entraîne dans l'escalier. Sans dire un mot, elle se dirige vers la rue principale. Moi, complètement éberluée, je demande:

—Mais, grand-maman, où allons-nous prendre notre collation?

—Mon Dieu Seigneur, tu vas voir! me répond-elle, avec un étrange petit sourire.

Moi, je ne comprends plus rien. Depuis ma plus tendre enfance, je prends, chaque jour, une collation chez ma grand-mère. Et voilà qu'aujourd'hui, elle rompt ses habitudes. Ma grand-mère, elle est de plus en plus étrange... d'ailleurs, en trottinant, elle fronce les sourcils, elle regarde à gauche et à droite comme si elle était poursuivie par quelque chose ou quelqu'un. Moi, je me retourne, à mon tour, afin de vérifier, mais je ne vois rien d'anormal. Je demande :

— Grand-maman, comment vous sentez-vous aujourd'hui?

— Très bien, pourquoi?

Je ne réponds pas, je marche près de ma grand-mère en essayant d'imaginer l'endroit où nous allons prendre notre collation.

Tout à coup, sans aucun avertissement, elle ralentit son allure devant les vitrines d'un magasin à rayons. Elle déplie un petit papier caché dans sa main gauche, le consulte en un clin d'œil, enfonce le papier dans sa poche, puis m'entraîne à l'intérieur du magasin à rayons.

—Mais voyons, grand-maman, nous ne pouvons pas prendre de collation ici, il n'y a rien à manger... Ils ne vendent que des vêtements!

—Je sais, je sais, Noémie. Je veux juste acheter quelques petites choses. Ensuite nous irons prendre notre collation.

Nous nous rendons au fond du magasin, et là, il se produit un phénomène très étrange. Ma grand-mère lâche ma main. Elle contourne un présentoir et disparaît derrière. Je poireaute pendant quelques secondes, puis je décide de la rejoindre de l'autre côté du présentoir. Mais je ne la trouve pas! Il n'y a personne! Grand-maman a disparu. Mon cœur s'arrête dans ma poitrine. Mais je n'ai pas le temps de m'inquiéter beaucoup, grand-maman réapparaît derrière moi, en tenant des pantalons. Bizarre, ma grand-mère ne porte jamais de pantalons!

Elle contourne un autre présentoir vers la droite, elle disparaît à nouveau derrière une colonne puis, une minute plus tard, elle réapparaît vers ma gauche, cette fois, les bras chargés de vêtements aux couleurs hétéroclites. Je n'en reviens pas. Ma grand-mère est hors de contrôle. J'ai mille questions à lui poser, mais je commence par la plus évidente:

—Grand-maman, comment vous faites?

—Comment je fais quoi?

—Disparaître, puis apparaître comme ça!

Encore une fois, elle me donne une réponse complètement farfelue:

—Chuttt... Noémie, quelqu'un pourrait t'entendre...

—Et puis, qu'est-ce que ça peut faire?

—Ça peut faire beaucoup de choses, répond-elle en rougissant.

Bouche bée, je regarde ma grand-maman disparaître derrière un présentoir, un étalage, une colonne, puis réapparaître ailleurs en compagnie d'une vendeuse à qui elle pose toutes sortes de questions inutiles, concernant toutes sortes de choses inutiles, comme la doublure d'une robe de chambre, le pli de certains pantalons ou l'épaisseur d'un sac d'emballage.

Je me dis: « Ça y est, ma grand-mère est devenue folle. »

Grand-maman se dirige vers la caisse et, avant même que je

pose des questions, elle me murmure à l'oreille:

—Ne dis rien, Noémie! C'est un test que je te fais passer...

Quoi? Un test? Quel genre de test? Mais encore une fois, juste au moment où je vais la mitrailler de questions, grand-maman me regarde avec ses petits yeux rieurs. Elle me fait signe de me taire.

Pendant qu'elle paie la facture, moi, pour ne pas éclater sous la pression, j'enfonce mes poings dans mes poches, je ferme ma bouche à double tour et je fais vingt-trois nœuds dans ma langue. Ça fait mal!

Nous sortons du magasin à rayons, les bras chargés de gros sacs. Mais, de nouveau, juste au moment où je vais la bombarder de questions, grand-maman me demande:

—Noémie, dis-moi ce que tu as remarqué dans le magasin.

—J'ai remarqué que vous étiez très agitée et que vous venez d'acheter tout plein de choses inutiles.

Et là, grand-maman me sort une autre phrase qui me scie les jambes. En continuant de marcher avec ses paquets, elle me dit :

—Hum... Hum... Je ne peux malheureusement rien te dire, pour aujourd'hui !

Puis, pour essayer de me changer les idées, elle me demande si je veux prendre une collation dans un restaurant. Je réponds, en montrant du doigt le restaurant le plus près :

—Oui, dans celui-ci.

Aussi subtile qu'un éléphant dans un jeu de quilles, grand-maman sort un autre petit papier de sa poche, le consulte, puis me dit le plus simplement du monde :

— Heu... non, pas celui-ci !

— Pourquoi ?

— Parce que... Parce que ce restaurant est trop laid !

Nous traversons une rue, puis une deuxième. Je tente ma chance en suggérant un autre restaurant, mais grand-maman répond :

— Non, celui-ci est trop cher !

Finalement, elle m'entraîne dans un restaurant spécialisé dans les déjeuners, et il est dix-sept heures, heure à laquelle les gens normaux se préparent à souper. Je lance mes sacs sur la banquette, je m'assois en face de ma grand-mère et je lui demande :

—Bon, grand-maman, vous allez m'expliquer ce qui se passe, parce que je ne comprends plus rien et, vous le savez, je déteste ne rien comprendre!

Elle me répond cette phrase qui me ferait tomber par terre si je n'étais pas solidement agrippée à la table:

—Noémie, tout va très bien! Ne me pose aucune question. Je ne peux rien te dire…

Ah non? C'est ce qu'on va voir.

-2-
Rien ne va plus

Au restaurant, je commande un verre de lait et grand-maman, une tasse de thé... Nous buvons sans rien dire. Slurp... slurp... slurp... Moi, je réfléchis beaucoup, beaucoup et j'en arrive à cette conclusion: la seule façon de savoir ce qui se passe avec ma grand-mère, c'est de ne pas la lâcher d'une semelle. Je finirai bien par trouver des indices. Mine de rien, je lui demande:

—Grand-maman, ce soir mes parents risquent de rentrer très tard. Est-ce que je pourrais coucher chez vous?

Ma tactique fonctionne à merveille. Grand-maman, qui ne se doute de rien, répond, le sourire aux lèvres:

—Mais bien sûr que oui, ma belle petite Noémie d'amour à la guimauve!

—Avant de rentrer à la maison, est-ce qu'on pourrait louer un film au club vidéo?

—Mais bien sûr que oui, ma belle petite Noémie d'amour à la guimauve.

Excellent! Grand-maman et moi, nous terminons notre collation, puis nous quittons le restaurant, les bras chargés de sacs. À peine rendue sur le trottoir, grand-maman me pose la même question que lorsque nous sommes sorties du grand magasin:

—Noémie, dit-moi ce que tu as remarqué dans le restaurant.

Pour lui faire plaisir, et pour passer le temps, je lui énumère tout ce que j'ai observé, de la couleur des cheveux de la serveuse aux petites taches sur les verres, en passant par le trou que j'ai remarqué dans la semelle du soulier gauche de notre voisin de table.

—Excellent! Excellent! Excellent! ne cesse de répéter grand-maman.

Et pour ajouter au mystère, grand-maman s'arrête devant le magasin à rayons et, sans hésiter une seconde, elle y pénètre de nouveau.

—Grand-maman, avez-vous oublié d'acheter quelque chose?

—Non, non, tu avais raison, j'ai acheté des choses inutiles et je vais me faire rembourser.

Complètement dépassée par les événements, je m'assois sur

une chaise à l'entrée du grand magasin et j'observe la situation : ma bonne grand-maman se dirige vers la caisse, sort ses factures, discute avec une vendeuse, puis avec un gérant, puis avec un gros monsieur. La caissière reprend les sacs, puis elle redonne l'argent à grand-maman qui, en souriant, me fait signe de l'accompagner vers la sortie. Je ne pose plus de questions. Je nage en plein mystère.

Pendant que grand-maman sifflote des airs de son enfance, nous nous dirigeons vers le club vidéo. Moi, je veux louer un film de science-fiction. Grand-maman insiste pour louer un film de fantômes. Bon, d'accord. C'est grand-maman qui gagne. Nous louons un film de fantômes, puis, juste avant de retourner à la maison, grand-maman me dit :

— Oups, il me manque des ingrédients pour le souper.

Nous entrons à l'épicerie. Grand-maman achète quelques boîtes de conserve, puis elle s'approche du kiosque à journaux. Elle regarde rapidement les couvertures des revues et s'empare de celle qui porte comme gros titre : HISTOIRES DE FANTÔMES.

— Grand-maman, qu'est-ce qui vous arrive avec les fantômes, aujourd'hui?

Et là, au lieu de me répondre quelque chose d'intelligent, elle commence à rougir. Ses joues deviennent aussi rouges que des tomates bien mûres. Je n'en reviens pas.

Ensuite, l'un après l'autre, il se produit quelques petits

événements qui ont l'air anodin, mais qui me troublent au plus haut point…

Premièrement, pendant que moi, je transporte le sac d'épicerie, grand-maman ne peut s'empêcher de consulter sa revue sur les histoires de fantômes.

Deuxièmement, elle est tellement distraite qu'elle manque d'être renversée par une très longue automobile blanche.

Troisièmement, rendue à la maison, je constate avec étonnement que deux livres, le premier intitulé *Ma vie parmi les fantômes* et l'autre, *La véritable histoire des fantômes*, traînent sur le canapé du salon.

Quatrièmement, pendant que j'essaie de me concentrer pour faire mon devoir de mathématiques, il me semble que ma grand-mère se déplace étrangement dans la cuisine. Je baisse les yeux, elle est à ma gauche. Je relève les yeux, elle est à ma droite. Je rebaisse les yeux, elle est devant moi. Je relève encore les yeux, elle se trouve derrière moi.

Cinquièmement, contrairement à ses habitudes, elle se dépêche de manger, de faire la vaisselle et de nettoyer la table pour aller voir son foutu film de fantômes.

Sixièmement, avant de s'installer sur le canapé du salon, elle enfile une belle chemise de nuit blanche, qu'elle recouvre d'une belle robe de chambre en ratine blanche. Elle ressemble à un fantôme. J'en ai des frissons dans le dos.

Septièmement, elle apporte une belle doudoune blanche et

nous nous glissons en dessous pour visionner le film.

Et huitièmement, pendant le visionnement du film, grand-maman ne semble pas avoir peur des fantômes, au contraire, elle rigole, elle s'amuse, elle fait des farces. Et puis, elle lance cette phrase qui me glace les veines :

— Mon Dieu Seigneur ! C'est donc bien agréable, la vie de fantôme !

-3-

La nuit blanche

Après avoir regardé le film de fantômes, moi, je n'en peux plus. Je suis fatiguée, épuisée. Je vois des fantômes partout, dans les rideaux, dans la douillette et même sous le tapis du salon.

Comme j'ai oublié mon pyjama en bas, chez moi, grand-maman me prête un grand T-shirt blanc. Ensemble, grand-maman et moi, nous brossons nos dents avec de la pâte dentifrice super-blanche qui blanchit le blanc des dents! Ensuite, en bâillant, nous nous dirigeons vers la chambre. Je

me couche à gauche et grand-maman à droite. En se tournant vers moi, elle murmure:

—Bonne nuit, mon petit fantôme d'amour!

Couchée sur le dos, je fixe le plafond et je réfléchis. Mille questions tournent dans ma tête. Je ne peux m'empêcher de demander:

—Grand-maman, pouvez-vous m'expliquer ce qui vous arrive?

Après quelques secondes de silence, un petit ronflement me répond. Incroyable, ma grand-mère dort déjà! Je n'en crois pas mes oreilles.

Je me tourne et me retourne et me retourne dans le lit, et, malgré la fatigue qui m'envahit, je ne peux pas m'endormir. J'ai trop de questions dans la tête et là, il me vient une idée, une idée que je refuse d'entendre, une idée que je ne veux pas écouter... J'essaie de résister à cette foutue idée. Je réussis pendant une minute, deux minutes, trois minutes, mais soudainement, cette idée est plus forte que toutes mes résistances. Je me tourne vers grand-maman pour vérifier si elle dort toujours. Oui, elle dort toujours, sa respiration est maintenant très calme. Alors, lentement, très lentement, sans faire de gestes brusques, je me glisse hors des draps, puis, à pas de loup, je fais le tour du lit et je m'approche de la petite chaise sur laquelle grand-maman a déposé ses vêtements. Mais là, je me dis que je ne peux pas fouiller dans les vêtements de grand-maman sans faire de bruit. Alors, il me vient une autre bonne idée. J'empoigne la chaise à deux mains et je la soulève pour l'emporter ailleurs. Et là, juste au moment où je vais quitter la chambre, grand-maman se retourne dans son lit et murmure, les yeux fermés:

—Noémie... qu'est-ce que tu fais?

Je balbutie:

—Je... j'ai oublié d'aller aux toilettes.

Grand-maman soupire. J'attends quelques secondes, puis je quitte la chambre avec la chaise et tout son contenu. Je marche jusqu'à la salle de bain et je m'y enferme à double tour. Sans perdre un instant, je commence à fouiller dans les vêtements de ma grand-mère, mais je ne trouve que des banalités. Franchement, je suis

déçue de la vie de ma grand-mère. Il n'y a dans ses poches que des bouts de papiers-mouchoirs, un jujube à la menthe, des clés, et c'est tout! Oui, c'est tout! Je ne trouve pas le petit bout de papier qu'elle a consulté avant d'entrer dans le grand magasin puis dans le petit restaurant.

Mystère...

Mais je ne m'appelle pas Noémie pour rien. Malgré ma fatigue, je réfléchis à la vitesse de la lumière et je me dis que si je ne trouve rien dans ses poches, peut-être vais-je trouver des indices ailleurs. Mais ailleurs où?

Je n'ai pas besoin de réfléchir longtemps. Je décide de tenter le tout pour le tout, comme ils disent dans les films. Je replace les vêtements de grand-maman comme elle les avait pliés, puis, en catimini, je rapporte la chaise dans la chambre à coucher. Grand-maman ronfle nerveusement. Elle tressaille. Elle dort comme quelqu'un qui a quelque chose à se reprocher, quelqu'un qui n'a pas la conscience tranquille.

Je quitte la chambre encore une fois puis, sur la pointe des pieds, je cherche son sac à main dans toute la maison. Je finis par le trouver dans le salon, près du canapé. Le cœur battant, je retourne dans la salle de bain, verrouille à nouveau la porte et commence à fouiller dans le sac à la recherche d'indices. J'y trouve toutes sortes de choses intéressantes comme des factures, et aussi les remboursements de ces factures. Grand-maman achète souvent des choses qu'elle rapporte pour se faire rembourser? Bizarre autant qu'étrange!!!

Je vide le contenu du sac par terre, mais je ne trouve rien d'anormal ou d'extraordinaire: du rouge à lèvres, des clés, son porte-monnaie rempli de cartes et... et quelques photographies de moi... derrière les images, elle a écrit de son écriture tremblante: *Ma belle petite Noémie d'amour en chocolat...*

Je... je suis mal à l'aise de fouiller ainsi dans son intimité, mais, juste avant de replacer toutes les choses dans le sac, je pense à quelques films que j'ai vus, et je me dis que, peut-être, ce sac à main, peut-être qu'il possède, peut-être, un double fond ou, peut-être, une paroi secrète!

Fébrile, je commence à inspecter l'intérieur du sac et, tout à coup, mon cœur veut exploser. Le bout de mes doigts glisse à l'intérieur d'une paroi, une paroi secrète ! J'ai peur. J'ai chaud et froid dans le dos. Je vérifie pour voir si la porte de la salle de bain est bien verrouillée. Oui, elle l'est. Je glisse encore une fois le bout de mes doigts dans la paroi secrète du sac à main et je sens, tout au fond, quelque chose qui ressemble à un morceau de papier. Je n'en reviens tout simplement pas !

-4-

Une partie du secret

Tout énervée, je déplie lentement le morceau de papier parce que, je l'avoue, j'ai un peu peur de ce que je pourrais y trouver. Donc, je déplie le morceau de papier pour découvrir, à mon grand étonnement, une liste d'adresses, précédées du nom d'un commerce. Et ce sont presque tous des commerces situés dans la rue principale! Il y a sept adresses en tout. Quatre adresses sont biffées au crayon rouge; ensuite, je reconnais le nom du grand magasin et celui du petit restaurant où nous avons pris notre collation. Au bas de la liste, il reste une adresse, celle d'un restaurant… l'adresse est facile à retenir: 555, rue Principale.

Assaillie par mille questions, je fouille encore au fond du sac à main, mais je ne trouve plus rien. Je replace toutes les choses à l'intérieur, mais soudainement, mon sang se glace dans mes veines. J'entends le plancher craquer de l'autre côté de la salle de bain. Je n'ose plus bouger. Je suis coincée. Je regarde par le trou de la serrure et j'aperçois, furtivement, la chemise de nuit de grand-maman qui se dirige vers la cuisine.

Le cœur tremblant, j'essaie de comprendre ce que fait ma grand-mère. Mais je n'entends rien. Alors, le plus discrètement possible, je cache le sac à main dans l'armoire sous le lavabo. Ensuite, j'ouvre la porte de la salle de bain. À quatre pattes, comme un chat qui rampe, je m'avance vers la cuisine et je m'arrête net. Dans la pénombre, je distingue grand-maman debout, face au comptoir. Elle est un peu penchée par en avant, et elle semble consulter quelque chose. Je m'avance encore, mais là, le plancher craque légèrement. Grand-maman se retourne, me voit et s'écrie:

—AAARRRHHH! Mon Dieu Seigneur! Noémie! Qu'est-ce que tu fais là?

Puis d'un geste rapide, elle se retourne pour glisser quelque chose dans le journal qui traîne sur le comptoir. Moi, complètement surprise par sa réaction, je me relève:

—Bien... Je... Heu... Je jouais à la cachette!

—Mon Dieu Seigneur! Tu joues à la cachette à deux heures du matin?

—Et vous? Que faites-vous dans la cuisine à cette heure?

—Je... Heu... Je lisais le journal...

Je ne suis pas dupe. Pour mieux voir, j'allume la lumière de la cuisine:

—Grand-maman, qu'est-ce que vous venez de cacher dans le journal?

—Rien! répond-elle en rougissant.

—Rien? Mais alors, pourquoi rougissez-vous?

—Moi? Je ne rougis pas!

—Ah non? Eh bien, allez donc vous regarder dans le miroir!

Ma tactique ne fonctionne pas. Grand-maman s'empare du journal, le roule sur lui-même, et l'emporte jusque dans la salle de bain. Là, elle se regarde dans la glace :

— Mon Dieu Seigneur, je ne suis pas si rouge que ça !

— Grand-maman, ne faites pas l'innocente... qu'est-ce que vous me cachez ?

— Rien, je ne te cache rien...

— Grand-maman, je vous connais ! Je sais que vous me cachez plein de choses ces temps-ci. Allez, dites-moi la vérité.

L'air un peu embarrassé, grand-maman quitte la salle de bain, revient dans la cuisine et, toujours en tenant fermement son journal, elle dit en bâillant :

— Bon, Noémie, il est tard. Allons nous coucher !

—Montrez-moi ce que vous avez caché dans le journal. Ensuite nous irons nous coucher!

—Je ne cache rien d'important... pour toi!

—Donc, vous avouez que vous me cachez quelque chose!

Ses joues deviennent de plus en plus rouges. Mais elle ne répond pas. Elle regarde dehors. Pour créer une diversion, elle dit:

—Je me demande s'il va pleuvoir demain.

Je ne suis pas naïve.

—Je ne vais pas me coucher, aussi longtemps que vous ne me direz pas votre secret.

Grand-maman ne répond toujours pas. Son journal à la main, elle quitte la cuisine, trottine dans le corridor et disparaît dans sa chambre. De là, elle me lance:

—Allez, Noémie, viens te coucher, sinon demain tu seras fatiguée.

Je bois un grand verre d'eau froide, je vais chercher le sac à main caché sous le lavabo de la salle de bain. Je le replace près du canapé du salon, puis je vais me coucher. Grand-maman est étendue sur le dos. Elle dort... et le journal... le journal a disparu! Je passe le reste de la nuit à me poser des questions... et à écouter les ronflements de grand-maman.

-5-
Les tasse de thé

Le lendemain matin, à l'école, je suis super-fatiguée. En bâillant, j'écoute la voix de l'enseignante, Madame Lapointe, qui nous parle de toutes sortes de choses intéressantes, comme le secret des pyramides, le secret des Mayas, le mystère des Incas, l'énigme de ceci, l'énigme de cela. Mais moi, je ne pense qu'à l'énigme de ma grand-mère. Pourquoi grand-maman est-elle si bizarre? Pourquoi acheter des choses et les rapporter plus tard? Pourquoi avoir noté des adresses et les avoir cachées dans une poche secrète de son sac à main? Pourquoi s'intéresse-t-elle aux fantômes? Pourquoi avoir dissimulé quelque chose dans le journal? J'ai beau réfléchir, me creuser les méninges et me triturer l'esprit, je ne trouve aucune réponse. J'ai une crampe dans le cerveau. J'ai mal à la tête pendant tout l'avant-midi, pendant l'heure du lunch et pendant tout l'après-midi.

Lorsque la cloche résonne pour annoncer la fin des cours, je me lève d'un bond. Je quitte ma classe en courant. Je me sauve de l'école en galopant et je me dépêche de me rendre chez ma grand-maman. J'ai l'intention de tout savoir et quand je dis tout, c'est plus que tout!

Je me précipite dans l'appartement de ma grand-mère en criant comme si de rien n'était:

—Allô, ma belle grand-maman d'amour enrobée de sucre de lune, de miel de soleil, de poudre d'étoile filante, de caramel fondant à la voie lactée, de planète en chocolat, de…

Personne ne me répond. J'arrive dans la cuisine. Le petit serin sifflote dans sa cage, le chat ronronne en tournant autour de mes chevilles, la théière fume encore sur la table, mais grand-maman n'est pas là. Je vais voir dans la salle de bain, dans la chambre, dans le salon : personne. Je regarde dans la cour arrière : personne !

En revenant vers la cuisine, je sens mon cœur bondir dans ma poitrine. Mes yeux viennent de s'arrêter sur le journal, le journal que grand-maman a emporté, la nuit dernière, dans sa chambre. Le journal dans lequel grand-maman a caché quelque chose.

La gorge nouée, je m'approche du journal. Je tourne rapidement les pages, mais finalement il n'y a rien de caché nulle part.

Je recommence à feuilleter le journal en vérifiant s'il ne manque pas une page. Toutes les pages y sont, de la première à la cent vingt-deuxième.

Je feuillette de nouveau le journal pour vérifier si grand-maman n'a pas plié un coin de page... ou si elle n'a pas souligné quelque chose, mais chaque feuillet est impeccable. Complètement découragée, je m'empare de ce foutu journal et je le lance de toutes mes forces dans le bac de récupération.

Je m'assois sur une chaise. Complètement désœuvrée, je regarde la théière qui trône au milieu de la table. Et là, il me vient une drôle d'idée. J'ouvre la porte de l'armoire au-dessus de l'évier et je m'empare d'une petite tasse de porcelaine. En imitant les gestes gracieux de grand-maman, je me verse un peu de thé. Je souffle légèrement sur le liquide encore chaud, puis j'en avale une petite gorgée. POUAH! POUAH!! et POUAH!!! Je ne comprends vraiment pas comment on peut déguster une pareille chose. Ça goûte le carton trempé dans l'eau de vaisselle!

Par contre, le thé est un excellent stimulant pour le système nerveux. Ça, je le sais parce que grand-maman me l'a répété dix millions de fois. Alors, en me pinçant le nez pour ne rien goûter, j'avale le contenu de la tasse.

POUAH! quand même!

Je ferme les yeux pour mieux réfléchir, mais il ne me vient aucune idée géniale. Pour stimuler mon cerveau, je bois une deuxième, une troisième, une quatrième, puis une cinquième tasse de thé... Et soudain, BING! sans comprendre ce qui m'arrive, je deviens toute chaude. J'ai l'impression que mes cheveux se dressent sur ma tête! que mes muscles deviennent excessivement puissants et surtout, surtout, j'ai l'impression que des milliers de lumières s'allument dans mon cerveau. Je pense à des centaines de choses en même temps. Mes idées deviennent comme des automobiles qui circulent en tous sens sur des autoroutes qui s'entrelacent sans fin comme des spaghettis trop cuits.

J'ai tellement d'idées qu'elles se fracassent, se déchirent et se mélangent dans ma cervelle. J'en suis tout étourdie! Je crois que j'ai bu trop de thé! Je sens mon corps qui se tend, qui veut courir, qui veut sauter, qui veut se sauver de lui-même. Mes oreilles bougent toutes seules, mes pieds aussi, mes genoux se frappent l'un contre l'autre. J'ai des fourmis dans les jambes, dans les bras, et on dirait que mes cheveux se frisent et se défrisent à une vitesse folle.

Je suis tellement stimulée par le thé que je dois me cramponner à ma chaise pour ne pas me lancer sur les murs, pour ne pas courir au plafond, pour ne pas... BOUM! TOC! TOC! BOUM! Les battements de mon cœur résonnent jusque dans mes souliers. Je suis tellement énervée par ce foutu thé que je jure de ne plus jamais en boire de toute ma vie.

Impossible de rester immobile. Je me lève. Je me déplace dans la cuisine. Je me rends jusqu'à l'évier. J'avale un grand verre d'eau, puis un deuxième, puis un troisième, mais je tremble toujours. J'ouvre la porte du réfrigérateur, je m'empare d'un litre de crème glacée et GLOUP... GLOUP... GLOUP... j'en avale tout le contenu, mais je tremble toujours. J'ai peur!

Je me rends jusqu'au bac de récupération pour y jeter le

contenant de crème glacée, et là, BING! il me vient une idée géniale. Je m'agenouille et je commence à fouiller dans le bac de récupération à la recherche d'un indice... Je fouille, je fouille, je fouille, et soudain, oh! oh! au fond du bac, parmi un paquet de feuilles froissées, déchirées, découpées, je vois le mot «fantôme» imprimé en grosses lettres sur un bout de papier. Et ce n'est même pas un bout de papier journal. Non! Le mot «fantôme» est imprimé en grosses lettres sur du papier blanc texturé. Je fouille un peu et, oh! oh! oh! je trouve d'autres morceaux de papier qui ressemblent à celui sur lequel le mot fatidique est imprimé.

Énervée par ce nouvel indice, je verse le contenu du bac sur le plancher de la cuisine et je commence à en faire le tri. En vitesse, je relance dans le bac des feuilles de journal, des dépliants publicitaires, des factures, des emballages de biscuits ainsi que des enveloppes que grand-maman a reçues.

Au bout de quelques minutes, il ne reste sur le plancher que des petits morceaux de la même couleur et de la même texture que celui sur lequel est imprimé le mot «fantôme».

Alors, avec toute la patience dont je suis capable, j'essaie de disposer les petits morceaux comme si je reconstituais un casse-tête. Mais j'ai bu tellement de thé que mes doigts tremblent. Je réussis à placer deux morceaux de papier côte à côte, puis un troisième et un quatrième. Mais je n'ai pas le temps de terminer cet étrange casse-tête. J'entends quelqu'un qui monte les marches de l'escalier arrière. Je reconnais les pas lourds de ma grand-maman Lumbago. Mon cœur accélère. Je ramasse les petits bouts de papier et je les enfouis dans le fond de ma poche. Je replace le bac de récupération près du réfrigérateur. Je me précipite vers l'avant de la maison. J'ouvre la porte d'entrée, je descends l'escalier à toute vitesse, puis je m'assois sur la première marche pour tenter de réfléchir, de faire le point.

Mais je n'ai pas le temps de penser à ma grand-maman fantôme très longtemps. Toujours assise sur la première marche de l'escalier, j'entends soudainement la voix de mon amie Mathilde demander :

—Qu'est-ce que tu as, Noémie?

—Je... heu... rien...

—Si tu n'as rien, pourquoi trembles-tu?

—Je ne tremble pas!

—Mais oui, tu trembles! Qu'est-ce qui se passe?

Elle m'énerve, Mathilde, avec ses questions! Pour qu'elle me fiche la paix, je réponds la vérité:

—Je tremble parce que j'ai bu cinq tasses de thé!

—Tu bois du thé! Toi?

—... Heu... j'ai bu du thé... par erreur...

—Tu as bu cinq tasses de thé par erreur???

En essayant de ne pas trembler, je soupire:

—Oui, c'est ça!

—Et qu'est-ce que tu caches dans la poche de ton pantalon?

— Rien...

— Menteuse ! Lorsque tu m'as aperçue, tu as rapidement retiré ta main de la poche de ton pantalon.

Mathilde, elle m'énerve encore plus que d'habitude.

— Rien ! Je ne cache rien... Ce serait trop long à t'expliquer...

— Je suis très intelligente. Je suis la meilleure de la classe en mathématiques, en français, en...

— Je sais, Mathilde, je sais... Je te le répète, ce serait trop long à t'expliquer !

— Fais-moi un résumé, une synthèse...

Bon, alors, pour m'en débarrasser, je décide de lui dire la vérité :

— Ma grand-mère me cache des choses...

—Quelles sortes de choses?

—Je ne sais pas, justement!

—Tu peux me les dire à moi, ces choses! Je te jure que je ne les répéterai à personne...

Et puis soudain, je sens le drame s'approcher. J'aperçois Véronika et Isabelle qui accourent vers nous. Je n'ai même pas le temps de leur dire bonjour. Mathilde s'exclame, les deux bras au ciel, comme si elle jouait dans une pièce de théâtre:

—Vous ne savez pas la meilleure? La grand-mère de Noémie lui cache quelque chose de grave, de très grave!

—Ah oui? Quoi? Quoi? demandent Véronika et Isabelle.

La vérité est tellement incroyable que je décide de leur divulguer mon secret. Je les regarde dans les yeux et je leur dis:

—Voilà! je crois que ma grand-mère est un fantôme!

—Un fantôme... dans une troupe de théâtre? demande Véronika.

—Elle va jouer dans un film? ajoute Isabelle.

—Dans une émission de télévision? poursuit Mathilde.

Je dis seulement:

—Non! Ma grand-mère est un vrai fantôme. Un vrai fantôme pour vrai de vrai…

Le temps s'arrête. Mes amies me regardent sans aucune expression. Puis, au bout d'un long moment de silence, elles tournent les talons et s'éloignent en disant:

—C'est ça! Et moi, mon père est un loup-garou!

—Moi, ma tante est une sorcière!

—Et moi, mon chien est un mutant!

Mes amies disparaissent au coin de la rue… Je fouille dans le fond de ma poche et j'en sors le morceau de papier sur lequel est imprimé en grosses lettres le mot «fantôme». Je le regarde, perplexe, pendant quelques secondes, puis je remonte l'escalier pour rejoindre ma grand-maman.

J'ai quelques petites questions à lui poser…

-6-

Double interrogatoire

J'arrive dans la cuisine de grand-maman. Elle referme la porte du réfrigérateur, se retourne et me lance:

—Allô, ma belle Noémie d'amour en chocolat.

J'embrasse ma grand-mère sur les deux joues. Elle me regarde et demande:

—Qu'est-ce qui ne va pas, Noémie?

—Rien, rien, grand-maman!

—Donne-moi donc un autre bisou pour que je vérifie!

Surprise par sa réaction, je me lève sur la pointe des pieds et lui donne un autre petit bec sur la joue.

—C'est bien ce que je pensais, murmure ma grand-mère... toi, tu me caches quelque chose!

Elle est bien bonne, celle-là! Alors que c'est moi qui allais lui poser des questions, c'est elle qui croit que je lui cache quelque chose. Grand-maman ajoute:

—Mon Dieu Seigneur! Noémie, je te connais comme si je t'avais tricotée. Je te connais tellement que je suis capable de dire comment tu vas avant même que tu ouvres la bouche!

—Ah oui?

—Eh oui!

—Comment vous faites?

—Je t'ai entendue monter l'escalier. Contrairement à ton habitude, tu montais lentement. Ensuite, tu as ouvert la porte délicatement. Tu l'as refermée sans la faire vibrer sur ses pentures. Ensuite, tu n'as pas couru dans le corridor. Tu n'as pas crié: «Allô, ma belle grand-maman d'amour que j'aime à la folie plus que tout au monde.»

Puis, elle soulève légèrement la théière et demande, avec un petit sourire en coin:

—Saurais-tu, par hasard, où est passé le thé qu'il y avait dans ma théière?

Éberluée, je regarde ma grand-maman et je dis seulement:

—Je ne sais pas...

Elle me fixe encore pour demander:

—Et, par hasard, saurais-tu qui a fouillé dans mon bac de récupération?

—Je... heu... je ne sais pas...

—Noémie! J'aimerais que tu me dises la vérité!

—Grand-maman, c'est vous qui allez me dire la vérité!

—Mon Dieu Seigneur, mais je dis toujours la vérité!

—Ah oui? Où étiez-vous tout à l'heure?

—Je suis allée au marché. J'ai acheté de la farine blanche, du lait, des linges à vaisselle, des essuie-tout et aussi des draps.

—Et j'imagine que vos linges à vaisselle, vos essuie-tout et vos draps sont blancs?

—Mais oui, comment as-tu fait pour deviner?

—Grand-maman! Dites-moi la vérité! Pourquoi avez-vous acheté des draps blancs?

—Mais tout simplement parce que j'aime dormir dans des draps blancs!

—Mais voyons donc, grand-maman, on dort les yeux fermés! Qu'est-ce que ça peut faire que les draps soient blancs, ou jaunes, ou noirs?

Là, je viens de marquer un point. Grand-maman fait la moue. Elle ne sait plus quoi répondre. Je la regarde dans le fond des yeux et je dis:

—Grand-maman, vous me dites pourquoi vous avez acheté des draps blancs, et moi, je vous dis pourquoi il n'y a plus de thé dans la théière, et qui a fouillé dans le bac de récupération.

—D'accord, répond grand-maman. Je jure de dire la vérité, rien que la vérité, toute la vérité!

—D'accord, alors, il n'y a plus de thé parce... parce que je l'ai tout bu en vous attendant! Ensuite, j'étais tellement énervée que j'ai renversé le bac... Voilà! Et vous?

—Tu as bu tout le thé?

—Oui, et c'est la dernière fois de ma vie que j'en bois. Mais n'essayez pas de changer de sujet. Pourquoi avez-vous acheté des draps blancs?

—Bon... je... heu... j'ai acheté des draps blancs parce... parce qu'ils étaient en solde! Voilà!

Je m'attendais à tout, mais jamais à une réponse comme celle-là!

—Grand-maman, s'il vous plaît, dites-moi la vraie, véritable, véridique, exacte vérité.

Grand-maman rougit. Elle baisse les yeux pour murmurer:

—C'est vrai, je l'avoue, les draps n'étaient pas vraiment en solde…

—Donc, vous les avez achetés pour…

—Pour me faire plaisir!

Bon, j'en ai assez de tous ces mensonges. Je retire les morceaux de papier de la poche de mon pantalon et je les pose sur la table devant ma grand-mère, qui n'en croit pas ses yeux. Avant qu'elle n'ouvre la bouche, je pose mon index sur le mot «fantôme» puis je dis:

—Voilà pourquoi vous avez acheté des draps blancs!

Ma grand-mère rougit, recule un peu, s'avance, recule encore, se tord les doigts, puis… elle éclate de rire:

—Hi! Hi! Hi! Et Ha! Ha! Ha! Et encore Hi! Hi! Hi!

Moi, je la regarde sans broncher. Alors grand-maman s'assoit près de moi. Elle me prend la main:

—Mon Dieu Seigneur que tu es perspicace, Noémie!

—Bon, alors, avouez tout, grand-maman. Avouez que vous êtes un fantôme! Un vrai fantôme pour vrai!

—Oui et non, soupire-t-elle.

—Comment ça, oui et non?

—Mon Dieu Seigneur, Noémie, ce n'est pas ce que tu crois! J'ai signé un contrat! Je ne peux pas en parler.

—Quoi? Vous avez signé un contrat pour devenir un fantôme?

-7-

On se calme...

Grand-maman remplit la bouilloire d'eau fraîche et la dépose sur un des ronds de la cuisinière.

—Bon, Noémie, je vais te faire une petite tisane calmante, parce que là, tu es vraiment trop tendue!

—Grand-maman, n'essayez pas de changer de sujet!

Je connais ma grand-maman. Si elle a signé un contrat, ou si elle a promis de ne rien dire, elle ne dira rien, même sous la torture. Alors, je change de tactique.

—Si vous avez signé un contrat et que vous n'avez pas le droit d'en parler, vous pouvez me faire des signes. Pour un oui, vous hochez la tête de haut en bas. Pour un non, vous... vous faites comme d'habitude!

Grand-maman se gratte le front en répétant:

—Mon Dieu Seigneur de mon Dieu Seigneur de mon Dieu Seigneur... j'ai signé un contrat et j'ai promis de ne rien dévoiler, alors, s'il te plaît, Noémie, ne me pose plus de questions!

—Je vous avertis. Je n'abandonnerai pas aussi longtemps que je ne connaîtrai pas la vérité.

—Je ne dirai rien... Rien de rien...

Grand-maman verse de l'eau chaude dans une tasse et y

laisse tomber un sachet de tisane.

—Tiens, me dit-elle, ça va te calmer!

—Je ne veux pas me calmer!

—Bon, alors, moi, j'en ai besoin.

Je ne lui laisse pas le temps d'avaler une gorgée de sa tisane calmante.

—Grand-maman, si vous ne pouvez pas me dire votre secret, vous pourriez peut-être me le chanter?

—Noémie, j'ai promis de ne rien dire, donc de ne rien chanter, de ne rien siffler, de ne rien turluter, de ne rien écrire, de ne rien dessiner!

Bon, comme ma grand-mère semble avoir la tête plus dure que la mienne, je décide de changer de stratégie. Je décide de ne plus la quitter des yeux. Je m'approche et je la fixe.

—Mon Dieu Seigneur, qu'est-ce que tu fais Noémie?

—Je vous observe! Je resterai tout le temps près de vous, le jour comme la nuit. Je vais finir par apprendre la vérité…

—Et comment peux-tu en être certaine?

—Facile… Vous parlez dans votre sommeil!

Là, je viens de marquer un autre point! Grand-maman me fait de gros yeux. Elle est ébranlée. Pour donner le coup final, je dis:

—Ma belle petite grand-maman d'amour en chocolat fondant, s'il vous plaît, dites-moi la vérité. Je vous jure que je ne dirai rien à personne.

—Mon Dieu Seigneur!

Ça y est, je crois que ma grand-mère est en train de craquer. J'ajoute:

—Vous ne voulez quand même pas que je vous observe pendant une semaine, un mois, une année, un siècle?

—Mon Dieu Seigneur de mon Dieu Seigneur… Noémie,

je crois que tu devrais faire tes devoirs et étudier tes leçons!

—Oui, mais seulement après avoir entendu votre secret!

—Si je te le dis, me jures-tu que tu étudieras le mieux possible?

—Heu... oui!

—Deviendras-tu la petite fille la plus gentille et la plus aimable de tout le quartier?

—Grand-maman, vous me faites du chantage!

—Hé oui...

—Oui, je le promets! Vite, grand-maman, je n'en peux plus, dites-moi votre secret!

—Bon, je vais te dire la vérité, mais avant, tu vas boire une grande tasse de tisane calmante.

J'en avale le contenu d'un trait, puis je dis, en gigotant sur ma chaise:

—O.K. Allez-y! Je suis calme! calme! calme! Très calme! Je n'ai jamais été aussi calme de toute ma vie!

Grand-maman remplit encore ma tasse pour me faire comprendre que je ne suis pas assez tranquille. J'avale le contenu de cette deuxième tasse, puis le contenu d'une troisième et d'une quatrième. Soudainement, j'ai l'impression que mon cœur ralentit, que mes idées freinent dans mon cerveau et que l'espace entre chacune de mes pensées s'agrandit, s'agrandit à l'infini.

Grand-maman me caresse les cheveux et me dit:

—Maintenant que tu es calme, je vais te parler de mon secret, parce que, à bien y penser, je vais avoir besoin de ta collaboration!

-8-
La vérité

Au ralenti, je vois grand-maman se verser une tasse de tisane calmante. Elle en avale une petite gorgée, puis elle ouvre la bouche pour commencer à m'expliquer son histoire de fantôme, mais elle n'a pas le temps de dire un mot. Je me lève d'un bond sur ma chaise et je me lance vers la salle de bain en criant :

— Attendez une minute ! J'ai bu cinq tasses de thé, trois grands verres d'eau et quatre tasses de tisane. J'ai envie de faire pipi !

Heureusement que la salle de bain est située tout près de la cuisine, parce que je ne peux attendre une seconde de plus. Je fais pipi pendant plus de quatre minutes. Je n'en reviens pas. J'ai l'impression d'avoir avalé l'océan au grand complet. Aussitôt que je crois avoir terminé, ça continue et ça continue et ça continue. Grand-maman me lance:

—Ça va, Noémie?

—Ooooohhh! ooouuuuiiii! Çaaaa vaaaa...

Finalement, je reviens m'asseoir près de grand-maman.

—Allez-y, je suis tout ouïe!

Ça, c'est une expression que j'ai entendue à la télévision. Ma grand-mère me regarde avec étonnement, alors, juste pour l'impressionner, j'ajoute:

— Ne me dévoilez la vérité... que dans toute sa splendeur!

Cette phrase-là aussi, je l'ai entendue à la télévision. Grand-maman, surprise, avale une petite gorgée de tisane puis elle me dit d'une traite:

— Depuis deux semaines, je fais partie d'une organisation qui s'appelle Les Consommateurs fantômes.

— Les Consommateurs fantômes???

— Oui, de temps à autre, j'ai des missions à accomplir. Par exemple, on me demande d'acheter des choses dans un magasin, puis de les rapporter afin d'étudier le comportement des vendeurs et la qualité des services de remboursement.

Je ne suis plus surprise, je suis complètement déçue.

Les yeux écarquillés et la bouche grande ouverte, j'écoute grand-maman :

—Je dois faire, aussi, des missions dans des restaurants. J'y évalue la propreté des lieux, la qualité du service, la qualité de la nourriture.

—Et... Et pourquoi faites-vous ça ?

—Mais pour gagner un peu d'argent ! Pour sortir de la maison ! Pour rencontrer toutes sortes de personnes ! Pour le plaisir d'effectuer des missions secrètes !

Je ne sais pas pourquoi mais, lorsque j'entends les mots « missions secrètes », je deviens tout excitée. Je dis à grand-maman :

—Je veux partir en mission avec vous !

—Mon Dieu Seigneur... Ce n'est pas si simple que ça !

— Pourquoi?

— Parce que c'est plus compliqué que ça!

— Mais pourquoi, pourquoi la vie est-elle toujours aussi compliquée avec les adultes? Pourquoi ce n'est jamais simple? Pourquoi il faut toujours attendre une heure précise, ou quelque chose, ou quelqu'un? Pourquoi? Pourquoi? Pourquoi?

La liste des « pourquoi? » pourrait s'allonger à l'infini, mais grand-maman me coupe la parole.

— Parce qu'il faut respecter certaines règles. Avant de partir en mission, je dois lire un questionnaire. Et après ma mission, je dois rédiger un rapport, et pour cela...

Grand-maman cesse de parler. Elle me regarde avec

une étrange lueur dans les yeux, puis elle enchaîne:

—Et pour répondre au questionnaire, je dois me souvenir d'une foule de petits détails... et pour cela, je crois bien que j'aurais besoin de ton aide!

—Pourquoi?

—Parce que toi, avec tes petits yeux perspicaces, tu remarques des choses que moi, je ne vois pas!

—Ça, c'est certain! Mais alors, grand-maman, si je peux partir en mission avec vous, ça veut dire que votre secret n'était pas un secret très secret!

—En fait, nous pouvons avoir un complice, mais le complice doit être extrêmement discret, si tu comprends ce que je veux dire...

—Je comprends ce que vous voulez dire... vous aviez

peur que je ne sois pas discrète, hein, c'est ça?

—Heu... oui...

—Je vous jure de ne rien dire à personne! Et je vous jure de devenir la fille la plus discrète en ville. Croix de bois, croix de fer, si je mens, je vais en enfer!

Et puis, en gigotant sur ma chaise, je demande à grand-maman:

—C'est quand, votre prochaine mission?

—Ce soir, je dois souper dans un restaurant, pas très loin d'ici, dans la rue principale.

Je bondis sur ma chaise, j'embrasse grand-maman et, en vitesse, je quitte la cuisine en criant:

—Ce soir, mais c'est formidable! Attendez-moi! Je descends chez moi! Je me prépare à devenir très discrète et je reviens tout de suite!

-9-
Paf!

Je quitte l'appartement de ma grand-mère, je descends le grand escalier en survolant les marches. Je pivote dans les airs en m'accrochant à la rampe de l'escalier, j'atterris sur le trottoir puis je bondis jusqu'à la porte de chez moi. Mes parents ne sont pas encore revenus du travail. Parfait! Je me précipite dans ma chambre. Je m'habille en choisissant des vêtements très ordinaires, des vêtements qui me rendront la plus discrète possible. J'enfile un vieux T-shirt, un pantalon troué aux genoux ainsi que mes vieilles godasses. Je me lance dans la salle de bain pour me regarder dans la glace. Avec les mains, je dépeigne un peu mes cheveux.

J'ai l'air tellement ordinaire que personne, au restaurant, ne remarquera ma présence. Tout énervée, je m'apprête à quitter la salle de bain en vitesse. Sans faire exprès, mon pied s'accroche dans le petit tapis. Je perds l'équilibre et je m'affale de tout mon long sur le plancher. PAF!

—AOUTCH! MON NEZ!

Je suis tout étourdie. Je m'assois pendant quelques secondes sur la cuvette. Mais soudainement, j'entends la porte d'en avant s'ouvrir puis se refermer. Du fond du corridor, ma mère demande:

—Il y a quelqu'un?

—Oui! Moi!

—Tu n'es pas en haut avec grand-maman?

—Oui... Je suis en haut...

—Noémie, comment peux-tu être en haut et en bas en même temps?

—Moi, je suis en haut, mais c'est mon fantôme qui est en bas!

—Je comprends de moins en moins!

En me relevant, je dis:

—Heu... Je suis descendue en vitesse et je remonte bientôt! Grand-maman et moi, nous allons souper ensemble, au restaurant... en tête-à-tête!

—C'est bien, répond ma mère qui s'éloigne vers la cuisine.

Juste avant de sortir de la salle de bain, je me regarde dans la glace pour voir si je suis bien dépeignée. En me voyant, je me retiens pour ne pas crier. Mon nez... mon nez que je viens de me cogner sur le plancher, mon nez, il commence à enfler! J'ai l'impression d'avoir une fraise en plein milieu du visage. HORREUR! HORREUR! et encore HORREUR! Comment vais-je passer inaperçue?

Pendant que je regarde mon gros nez dans la glace, j'entends la sonnerie du téléphone qui retentit dans toute la maison. Ma mère répond:

—Oui, oui, non, non, oui, oui...

Puis elle me crie:

—Noémie, ta belle grand-maman veut te parler!

Je réponds:

—Dis-lui que je monte tout de suite!

Complètement découragée, je monte chez grand-maman, qui se coiffe devant le grand miroir du corridor Elle tourne la tête et me regarde, l'air ahuri!

—Noémie, que fais-tu habillée de la sorte? Et ton nez, qu'est-ce qu'il a? Il est... Il est...

Je m'observe dans la glace. Mon nez est encore plus gros que tout à l'heure. On ne voit que lui dans ma figure. Il est énorme. Il est rouge. Il est laid. Il est monstrueux.

J'éclate en sanglots:

—Snif... snif... je me suis habillée de la façon la plus ordinaire possible afin de passer inaperçue et puis... snif... snif... En voulant me dépêcher, je suis tombée sur le plancher... snif... snif... snif...

Grand-maman me prend dans ses bras et me serre fort, fort, fort pour me consoler.

—AOUTCH! Grand-maman, serrez moins fort!

—Pourquoi?

—Vous me faites mal au nez!

Elle relâche un peu son étreinte.

—Mais ma pauvre petite Noémie, nous allons dans un restaurant chic! Tu ne passeras jamais inaperçue vêtue de la sorte! Va t'habiller de tes plus beaux atours! Ensuite, on s'occupera de ton nez!

J'essuie mes yeux. En reniflant, je redescends chez moi. Je fouille dans ma garde-robe et je finis par trouver une robe que j'ai reçue en cadeau, mais que je n'ai jamais portée. Je l'enfile et me regarde dans la glace. Mais tout ce que je remarque, c'est mon énorme gros nez qui continue de vouloir prendre toute la place dans mon visage.

Complètement découragée, je sors de ma chambre et je remonte chez ma grand-mère qui m'attend dans la cuisine avec un sac de glace. En me voyant, elle s'exclame:

—Mon Dieu Seigneur, Noémie, comme tu es jolie!

Puis, elle ajoute en riant:

—Une belle robe et un gros nez, vraiment... je ne te reconnais plus...

—Très drôle!

Grand-maman pose le sac de glace sur mon nez. Elle s'assoit à la table et ouvre une grande enveloppe sur laquelle il est écrit en grosses lettres: Consommateurs fantômes.

Grand-maman consulte le dossier en faisant des petits « mmm... mmm... mmm... » avec les lèvres. Puis, à voix haute, elle me dit:

—Au restaurant, nous devrons nous souvenir du nom de tous les employés que nous verrons. Habituellement il est écrit sur un petit badge...

—Ah...

—Il faudra vérifier les vitrines, les arbustes, la porte d'entrée, la réception, la gentillesse des employés, la qualité du service, la fraîcheur et la cuisson des aliments, la propreté des toilettes, etc.

Pendant que grand-maman continue l'énumération des choses à vérifier, moi, je ne pense qu'à mon pauvre, épouvantable gros nez rouge de clown même pas drôle.

Grand-maman referme le dossier. Elle replace les feuilles dans la grande enveloppe et me regarde en souriant:

—Bon! Un gros nez ne dépare jamais un joli visage... Viens avec moi.

Elle m'entraîne dans la salle de bain, s'empare de son étui à maquillage et commence à me poudrer le nez avec un gros pinceau. À peine une minute plus tard, mon nez est toujours aussi gros, mais, au moins, il est presque de la même couleur que le reste de mon visage, c'est-à-dire un faux beige insipide et insignifiant. Grand-maman soupire:

—Comme ça, tu passeras inaperçue, ou presque!

Je suis tellement découragée que je ne réponds pas. Grand-maman et moi, nous quittons son logement, nous descendons l'escalier et nous marchons sur le trottoir comme deux personnes normales, deux personnes qui n'ont aucunement l'air de partir en mission secrète. Mais nous n'avons pas fait dix pas que, déjà, je vois les problèmes s'approcher. Mon amie Angélia arrive en vélo. Elle freine, me regarde et s'écrie :

—Noémie, tu portes une robe? Et qu'est-ce qu'il a ton nez?

—Quel nez? que je réponds en faisant semblant de rien.

—Là, ton nez! Celui qui prend toute la place dans ton visage!

En serrant très fort la main de grand-maman, je réponds comme si de rien n'était :

—Je ne sais vraiment pas de quoi tu parles…

Un coin de rue plus loin, je rencontre mon ami Stéphane qui s'exclame :

—Noémie ! Mais c'est quoi, ce nez-là ?

—Je ne sais vraiment pas de quoi tu parles…

Rendue dans la rue principale, je tombe nez à nez avec Martine, qui s'affole :

—Noémie ! Qu'est-ce que tu as au nez ?

—Je ne sais vraiment pas de quoi tu parles…

En regardant s'éloigner Martine, grand-maman me chuchote à l'oreille :

—Mon Dieu Seigneur, Noémie, tu m'impressionnes vraiment… quelle discrétion !

Et là, pour étonner encore plus ma grand-mère, je lui dis :

—Grand-maman, je sais exactement où nous allons souper!

—Ah oui? Et où donc allons-nous souper, ma chérie?

—Au 555, rue Principale!

Grand-maman cesse de marcher, elle me regarde avec stupéfaction. Puis, juste au moment où elle va ouvrir la bouche pour me poser mille questions, je lui dis:

—Ne me demandez pas comment je fais... J'ai mes petits secrets, moi aussi...

Un peu décontenancée, grand-maman trottine près de moi. Nous nous arrêtons à une première intersection. Je m'observe dans une vitrine. J'ai l'impression que mon nez ressemble à un melon d'eau. Un coin de rue plus loin, je me regarde dans une autre vitrine.

Mon nez a l'air d'un baril. Un coin de rue plus loin, il est rendu de la grosseur d'une planète, mais pas n'importe quelle planète : une planète géante.

Soudain, grand-maman s'exclame :

—Ah ! Tiens, c'est ici ! Nous sommes rendues... heu... au 555, rue Principale.

En rigolant, je lève la tête pour apercevoir l'enseigne du restaurant le plus chic de la rue. J'écarquille les yeux et, déjà, je remarque des traces de doigts sur une vitre, des mégots de cigarettes devant la porte... grand-maman me chuchote :

—N'oublie pas, Noémie, nous devons être très discrètes.

—Fiez-vous à moi, grand-maman. Personne ne remarquera ma présence... Je vous le jure! Je serai aussi transparente qu'un fantôme! Un fantôme en mission secrète!

—CHUTTT! Noémie, il ne faut pas prononcer ces mots... ici...

-10-

Gros drame au restaurant

Grand-maman et moi, nous sommes à peine entrées dans le restaurant que, déjà, les problèmes commencent. L'hôtesse, qui s'appelle Josée, fixe mon gros nez, puis elle se mord l'intérieur des joues pour ne pas éclater de rire. Je veux retourner à la maison, mais grand-maman me prend par la main pour m'empêcher de partir. Elle me chuchote à l'oreille :

— Ça ira, ça ira, Noémie. Ça ne paraît pas tant que ça.

Grand-maman ouvre son sac à main et me badigeonne encore une fois les narines avec de la poudre beige. Sans le vouloir, j'inspire un peu de cette poudre et, tout à coup, il me vient une terrible envie d'éternuer. J'essaie de me retenir le plus longtemps possible, c'est-à-dire trois secondes et demie, et puis, c'est plus fort que moi, j'éternue. ATCHOUM! Encore ATCHOUM! Et encore un épouvantable ATCHOUM!

J'éternue tellement fort que presque tous les clients du restaurant se tournent vers moi. Les messieurs sont tous bien habillés et les dames portent de belles robes et de magnifiques bijoux. J'ai l'impression que tous ces gens pensent: «Comme elle a un gros nez, cette petite fille-là!»

Intimidée, je cache mon nez avec ma main, puis je me colle contre ma grand-mère. Je jette de petits coups d'œil furtifs vers les clients et fiou! je ne suis pas toute seule à avoir quelque chose d'énorme dans la figure. Je compte quatre messieurs avec de gros nez, deux dames avec de grandes oreilles et un jeune homme avec un énorme menton.

J'essaie de devenir invisible derrière ma grand-mère, mais

on dirait qu'elle fait exprès de se faire remarquer. Elle commence par choisir une table près de la fenêtre, puis, pendant que Josée nous accompagne, elle décide de changer de place parce que le bruit venant de la rue la dérange. Elle demande une autre table au fond du restaurant. Mais là, nous sommes trop près de la cuisine, ce qui l'incommode au plus haut point. Nous nous installons en plein centre du restaurant, mais là, nous sommes trop près de la section des fumeurs et, finalement, après avoir fait le tour du restaurant, nous nous retrouvons de nouveau près de la fenêtre. Je me penche vers ma grand-mère pour lui murmurer:

—Grand-maman, qu'est-ce qui vous prend? Faites-vous

exprès de vous faire remarquer?

Elle ne me répond pas, mais elle me regarde avec un air qui veut dire : « Noémie, ne t'inquiète pas, je sais ce que je fais ! »

Moi, déjà, j'ai tellement honte que je n'en peux simplement plus !

Julie, une gentille et souriante serveuse, s'approche pour nous présenter le menu. Je choisis tout de suite une lasagne gratinée, mais grand-maman, jouant à la cliente difficile, demande la description détaillée de chacun des mets proposés. Elle veut en connaître les ingrédients, la sorte de cuisson, les épices et les bienfaits pour la santé…

Je n'en peux doublement plus !

Finalement, grand-maman soupire:

—Bon, je vais prendre des spaghettis aux boulettes de viande. Non, aux champignons. Non, avec de la sauce aux tomates. Non, Attendez! Finalement, je vais prendre une salade avec des olives. Non! Je vais manger des côtelettes d'agneau avec... Non! je vais prendre du poisson. Non! Je vais choisir...

Je n'en peux triplement plus!

La serveuse, Julie, toujours en souriant, cesse d'écrire puis de raturer les commandes dans son calepin. Elle attend patiemment que grand-maman se décide une bonne fois pour toutes. Après dix minutes ininterrompues de changements, ma grand-mère se décide enfin:

—Mon Dieu Seigneur, à bien y penser, je vais choisir une lasagne...

Je n'en peux quadruplement plus!

Pour faire une blague et pour détendre l'atmosphère, je dis à la pauvre Julie:

—Finalement, vous lui servirez la même chose que moi, mais dans une autre assiette!

Julie s'éloigne sans sourire. Grand-maman me fait un clin d'œil. Moi, je la regarde avec un air qui veut dire: «Grand-maman, vraiment, vous exagérez!» Mais je ne suis pas encore au bout de mes surprises.

Julie revient avec des verres d'eau, mais grand-maman demande de l'eau sans glaçons. Ensuite, elle trouve la soupe trop froide et demande qu'on la fasse réchauffer. Ensuite, elle trouve le beurre trop dur et le pain trop sec.

—Grand-maman, vous exagérez! Heu... qu'est-ce qu'on dit après double, triple, quadruple?

—Quintuple, répond grand-maman.

Je n'en peux quintuplement plus!

Ensuite, elle fait exprès de renverser un peu de potage sur la table. Elle demande à Julie de changer le napperon et de lui apporter un autre bol. Elle trouve que le nouveau potage n'est pas assez salé, que le service est trop lent, qu'il fait trop chaud dans le restaurant, puis qu'il fait trop froid.

Ça ne se compte plus comment je n'en peux plus!

Ensuite, la lasagne, évidemment, n'est pas aussi bonne

que la sienne. Elle est trop ceci et pas assez cela... la salade d'accompagnement est trop vinaigrée, et patati et patata, et ça continue ainsi de suite, de bouchée en bouchée. Moi, je suis au bord de la crise de nerfs. Je suis tellement tendue que j'ai des crampes dans les doigts, dans l'œsophage et même dans le nez. Je ne peux plus rien avaler. Grand-maman me chuchote, comme si elle ne se doutait de rien:

—Qu'est-ce que tu as, Noémie? Tu ne manges pas?

—Non, je n'ai plus faim!

—Pourquoi?

—Parce que vous n'arrêtez pas de vous plaindre! C'est la première et dernière fois que je vous accompagne dans vos missions.

En entendant le mot « mission », grand-maman me fait signe de me taire. Julie s'approche, nous demande si tout va bien, puis elle tourne rapidement les talons avant que grand-maman ne se plaigne encore de quelque chose. Je la regarde manger sa lasagne et, pour la première fois de ma vie, j'ai honte de me trouver en sa compagnie. Je lui dis :

— Grand-maman, je ne suis pas très fière de vous, aujourd'hui…

Elle me chuchote :

— Noémie, c'est un rôle que je joue !

— Eh bien, il n'est pas drôle, votre rôle !

Elle répond, d'une petite voix :

— Excuse-moi, mais c'est pour la mission !

—Je suis certaine que vous pouvez accomplir votre mission sans être désagréable!

Grand-maman avale quelques bouchées, puis elle me demande pour détendre l'atmosphère:

—Et comment il va... ton gros nez?

J'éclate de rire. Hi... Hi... Hi... et Ha... Ha... Ha... Grand-maman pouffe de rire, elle aussi. Elle est pliée en deux sur sa chaise et elle rigole comme je ne l'ai jamais vue rigoler. Hi... Hi... Hi... et Ha... Ha... Ha... Ses joues deviennent roses, puis rouges comme des tomates. Ses yeux pleurent de joie. Elle rit, elle rit, elle rit, et pendant qu'elle rit, Hi... Hi... Hi... et Ha... Ha... Ha... on dirait que son rire se transforme en grimace.

Elle écarquille les yeux. Sa bouche s'ouvre et se referme plusieurs fois comme si elle voulait dire quelque chose, mais aucun son ne sort de sa gorge. Je ne l'ai jamais vue dans un état pareil. Elle exagère vraiment beaucoup, ma grand-mère… Et soudainement, elle se penche. Puis elle se relève d'un coup sec. Elle écarquille encore plus les yeux. J'ai l'impression qu'ils vont éclater. Dans un grand spasme, elle ouvre les bras, comme si elle voulait inspirer tout l'air du restaurant. Je ne peux m'empêcher de lui dire:

—Grand-maman, là, vous exagérez vraiment trop!

En râlant, puis en donnant de vigoureux coups de poing sur la table, elle ouvre toute grande la bouche et pointe sa

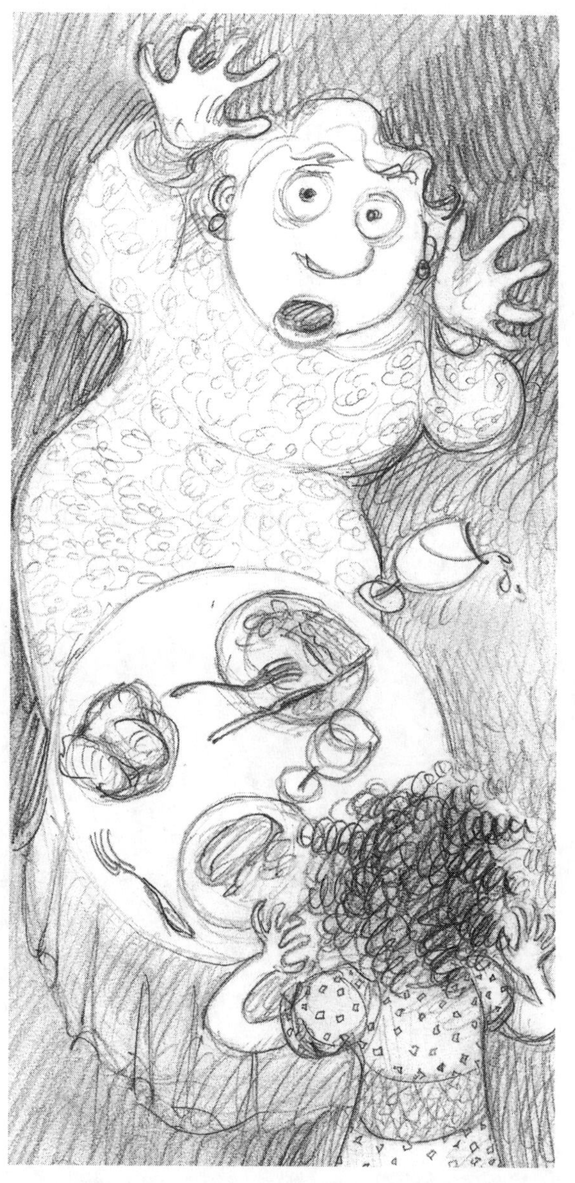

luette avec le bout de son index.

—Grand-maman! Trop, c'est trop!

Elle devient subitement aussi blanche qu'un fantôme et je comprends tout à coup l'horreur de la situation. En riant à gorge déployée, grand-maman a avalé de travers un morceau de lasagne et elle ne peut plus respirer. Elle est en train de s'étouffer!

-11-
Panique dans le restaurant

Pendant que je regarde grand-maman qui s'étouffe, mon sang ne fait qu'un tour. Sans réfléchir, je bondis de ma chaise en renversant la table devant moi. Les assiettes, les ustensiles et les verres d'eau dégringolent sur le plancher. Je ne peux me retenir de crier :

— AU SECOURS ! Ma grand-mère s'étouffe ! AU SECOURS ! Ma grand-mère s'étouffe !

Les clients se figent dans le restaurant. Les fourchettes restent suspendues devant les bouches grandes ouvertes. Tout le monde cesse de respirer.

Tout le monde, sauf le jeune homme affublé d'un gros menton. Lui, sans hésiter une seconde, il laisse tomber sa fourchette et son couteau. Il bondit sur ses longues jambes qui ressemblent à des échasses, puis, en zigzaguant entre les tables, il se précipite vers nous. Il regarde rapidement dans la bouche de grand-maman. Il se

place derrière elle. Il se penche un peu, l'encercle de ses deux bras et la soulève comme une plume. Grand-maman lâche un râlement qui me glace les veines. Le jeune homme au gros menton la soulève encore une fois en appuyant fortement ses deux poings sur l'estomac de ma grand-mère, qui semble devenue aussi légère qu'une poupée de chiffon. Elle beugle, puis elle produit un hoquet épouvantable. Et soudainement, sans aucun avertissement, elle crache un morceau de lasagne, un énorme morceau de lasagne qui se rend en ligne droite vers la table voisine et qui atterrit directement dans une tasse de café. SPLOUCH! Les deux convives assis à cette table sursautent et se lèvent, complètement indignés... Mes yeux se tournent vers ma grand-maman chérie d'amour. Une main appuyée sur le dossier d'une chaise et l'autre main agrippée à l'épaule de son sauveur, elle recommence à respirer, la bouche grande ouverte, en répétant entre deux spasmes :

—Mon Dieu Seigneur, hannn... hannn... de mon Dieu Seigneur, hannn... hannn... que... je... l'ai... échappé... belle !

Son sauveur, le jeune homme au gros menton, très fier de lui et très calme, lui conseille de boire de petites gorgées d'eau.

Une gentille dame, assise à une table voisine, lui tend son verre. Grand-maman boit lentement. Tout le monde la regarde dans le restaurant. C'est le silence le plus complet.

Personne ne parle, personne ne bouge.

Et puis, comme si la Terre recommençait à tourner, des serveurs et des serveuses accourent et entourent ma grand-mère en lui demandant si tout va bien, si elle a besoin de quelque chose, s'il faut appeler un médecin, une ambulance, etc.

Grand-maman ne répond pas tout de suite. Les yeux encore mouillés par l'émotion, elle se blottit dans les bras du jeune homme au gros menton. Elle le remercie en tremblant, comme si elle venait de boire douze théières remplies de thé.

Monsieur le Menton répond:

—Vous savez, je n'ai fait que mon devoir... je suis infirmier!

Puis, il demande:

—Comment vous sentez-vous?

—Mon Dieu Seigneur! j'ai un peu mal à la gorge, un peu mal aux côtes, un peu mal au dos, murmure grand-maman en s'assoyant et en buvant de petites gorgées d'eau.

Et moi, j'ajoute, en regardant les employés du restaurant qui replacent les chaises, la table et les ustensiles:

—Merci, monsieur, parce que si ma grand-mère mour... si ma grand-mère décé... si ma grand-mère s'étouffait pour de bon et à tout jamais, je ne crois pas que je survivrais...

Le Menton me caresse les cheveux, se retourne et se dirige vers sa table. Juste avant qu'il ne s'assoie, il se produit un événement très curieux. Sans doute très impressionnés et très émus par le spectacle auquel ils viennent d'assister, les clients, d'un geste spontané, commencent à l'applaudir.

Le Menton, très intimidé, fait un petit signe de la main pour remercier tout le monde. Deux secondes plus tard, le calme revient dans le restaurant, exactement comme s'il ne s'était jamais rien passé, mais nous n'avons pas le temps de nous relaxer bien longtemps. Dehors, des hurlements de sirènes s'approchent à toute vitesse. De l'autre côté des vitres, nous voyons apparaître une ambulance, dont les gyrophares clignotent. L'intérieur du restaurant s'illumine à intervalle régulier. Une deuxième, puis une troisième ambulance s'arrêtent, elles aussi, en prenant toute la place dans la rue. Les sirènes hurlent. Partout, des lumières tournent et clignotent. Les ambulanciers contournent leurs véhicules et se précipitent dans le restaurant, équipés d'une civière et de différents appareils de réanimation. C'est la panique totale. Encore une fois, plus personne ne bouge, sauf grand-maman qui tremble de la tête aux pieds. Et là, tout se passe comme dans un film en accéléré. Le Menton se lève et se dirige vers le premier ambulancier. Ils discutent, puis ils se tournent tous les deux vers grand-maman. Le premier ambulancier s'approche pour demander:

—Est-ce que ça va, madame?

Grand-maman répond d'une voix un peu plus rauque que d'habitude:

— Heu, oui, oui, je crois... J'ai eu plus de peur que de mal...

Avec son stéthoscope, l'ambulancier écoute le cœur de grand-maman en répétant: « Eh bien... Eh bien... » Ensuite, il prend sa pression en répétant: « Eh bien... Eh bien... » Il lui palpe la gorge, les oreilles et le cou, toujours en répétant: « Eh bien... Eh bien... » Puis, il lui tâte les côtes en répétant toujours les mêmes mots.

Je ne peux m'empêcher de demander:

— Est-ce qu'elle est en bonne santé, ma grand-maman?

— Elle est bonne pour vivre jusqu'à cent dix ans, répond l'ambulancier en replaçant ses instruments dans une petite valise de cuir.

Il se relève et dit à grand-maman:

—Si vous ressentez des malaises, n'hésitez pas à consulter un médecin.

Grand-maman, complètement figée, répond en faisant un petit signe de la tête. Puis, en l'espace de quelques secondes, les trois ambulanciers tournent les talons et quittent les lieux. Les véhicules font marche arrière, tournent devant le restaurant, puis disparaissent aussi rapidement qu'ils étaient venus. Il ne reste que quelques curieux, debout sur le trottoir, les deux mains et le nez collés à la vitrine, qui essaient de regarder ce qui se passe dans le restaurant. Mais il ne se passe plus rien. Le spectacle est terminé. On pourrait entendre une mouche voler. Les serveurs et serveuses s'activent en faisant semblant de rien. Dehors, les curieux disparaissent un à un. Une musique très douce et très calme sort des haut-parleurs cachés quelque part. Grand-maman et moi, nous nous détendons un peu.

Julie s'approche en se tortillant les doigts. Elle nous demande si nous désirons un dessert, si nous voulons une

boisson gazeuse ou un café ou un thé. Quand j'entends le mot «thé», il me vient un terrible haut-le-cœur. J'ai l'impression que mon corps se transforme en ressort. Ma bouche devient toute pâteuse. Une salive très salée me monte aux joues. Je suis sur le bord de l'indigestion.

Pour ne pas vomir sur le plancher, je me lève d'un bond et je me lance vers les toilettes. Mais je n'ai pas fait dix pas que j'arrive face à face avec le concierge. Il s'avance avec une grosse cuve d'eau et une vadrouille. Impossible de l'éviter. Je fonce directement dans la cuve. BANG! Sans faire exprès, j'enfonce le pied gauche dans l'eau savonneuse. J'essaie de me dépêtrer le plus rapidement possible. En tentant de me dégager, j'appuie sur le

rebord de la cuve, qui se renverse sur le plancher. Mon mal de cœur augmente à chaque seconde. Je saute hors de la cuve puis j'atterris sur un pied. Mais aussitôt que ma semelle mouillée touche au plancher, j'entends un léger SQUICH! Je commence à glisser. Alors, pour ne pas tomber et encore une fois me fracasser le nez sur le sol, je m'agrippe au manche de la vadrouille que le concierge tient mollement entre ses doigts. Emportée par mon élan, la vadrouille quitte les mains du concierge. En tournoyant sur elle-même, elle fait un vol plané et atterrit au fond de la cuisine dans un terrible fracas de verres et de vaisselle cassés. SPLINCHKK! CLING! CLING! CLING! Je me retrouve assise sur les fesses dans une mare d'eau chaude et, toujours, je sens la bile monter et monter. Je me relève d'un bond. En criant: «Excusez-moi! Excusez-moi!», je me lance dans les toilettes et je me penche au-dessus du premier lavabo. Mais je suis tellement énervée que je ne réussis qu'à produire des rots comme je n'en ai jamais fait auparavant.

Je passe ma tête sous l'eau froide du robinet. Je me relève et, dans le reflet du miroir, j'aperçois ma belle grand-maman qui ouvre la porte et qui se précipite vers moi, suivie par quelques employés du restaurant. Elle me serre dans ses bras. Je me blottis contre elle et nous restons là, quelques minutes, les yeux fermés, à écouter le va-et-vient des employés qui épongent le plancher…

Au bout de quelques minutes, grand-maman relâche son étreinte. Nous sommes maintenant seules dans les toilettes. Tout est calme. Trop calme. J'ai peur qu'un monstre sorte des cuvettes, qu'un fantôme apparaisse derrière le comptoir des lavabos. Grand-maman me regarde dans la glace en murmurant :

—Quelle soirée de fous… Mon Dieu Seigneur, quelle soirée de fous !

Je fixe mon gros nez qui n'a plus de fard. Il est laid, il est gros. Il est… Sans dire un mot, grand-maman ouvre son sac à main et me poudre le nez encore une fois. Puis elle m'entraîne en disant :

—Vite ! Sortons d'ici !

Nous quittons les toilettes et là, je crois rêver. Il n'y a plus aucun client dans le restaurant. Le plancher de la cuisine est déjà épongé. Quelques employés préparent les tables, ajustent les nappes, posent des bouquets de fleurs un peu partout. De temps à autre, la pauvre Julie se retourne pour nous regarder avec un air qui veut dire : « Mais voulez-vous bien me dire d'où elles sortent ces deux-là ? »

Grand-maman et moi, nous nous dirigeons vers le comptoir où trône la caisse enregistreuse. En nous apercevant, le caissier nous dit avec un faux sourire et en nous montrant la sortie du coin de l'œil :

— Très chère madame, vous n'avez rien à payer, c'est la maison qui vous invite !

Grand-maman remercie le caissier, s'excuse mille fois, puis annonce :

— Monsieur, je vais vous dire la vérité. Je suis une consommatrice fantôme et, ce soir, j'étais en « mission » avec ma petite-fille. Pour m'excuser de tous les désagréments que nous vous avons occasionnés, je donnerai à votre établissement une note parfaite de cent pour cent.

Le caissier répète « merci beaucoup, merci beaucoup… » en se frottant les mains et en nous accompagnant vers la sortie. Puis, toujours en nous faisant de faux sourires, il ouvre la porte, nous laisse sortir, la referme aussitôt et la verrouille de l'intérieur. Puis il accroche dans la fenêtre un petit écriteau sur lequel on peut lire : FERMÉ.

-12-

Pour en finir avec les...

Nous nous éloignons du restaurant. En trottinant, je jette de petits coups d'œil furtifs vers grand-maman. Il me semble qu'elle est blanche comme un drap blanc. Même ses cheveux semblent plus blancs que d'habitude. J'essaie de ne rien imaginer, mais ce n'est pas facile... Je lui dis:

—En tout cas, pour ce qui est de passer inaperçues, nous avons manqué notre coup!

—En effet, me répond-elle d'une voix rauque.

—Grand-maman, pourquoi avez-vous la voix si basse?

On dirait celle d'un... fantôme!

—J'ai la voix rauque parce que je viens de m'étouffer. J'ai l'impression d'avoir craché une partie de ma gorge!

—Ah!

Tout à coup, grand-maman sursaute. Elle lance de sa voix éraillée:

—Mon Dieu Seigneur!

—Quoi? Qu'est-ce qu'il y a encore?

—Mon Dieu Seigneur, dans le restaurant, avec tout ce qui est arrivé, j'ai oublié de vérifier la propreté de la salle de bain, la propreté de...

—Grand-maman, est-ce que je peux vous donner un conseil de... un conseil de petite-fille?

—Heu... oui.

—Je crois que vous ne devriez plus effectuer de «missions».

Ma grand-mère fait quelques pas, se tourne vers moi et me dit:

—Tu as raison, Noémie, je ne suis pas douée pour être un «fantôme»... Je crois que je viens d'accomplir ma dernière mission! Surtout que je n'avais pas le droit de révéler mon identité secrète... Les Consommateurs fantômes vont me congédier!

Puis elle ajoute, comme pour se convaincre elle-même:

—Dans le fond, ce n'est pas mon genre!

—C'est vrai, ce n'est pas votre genre d'être désagréable...

Et là, nous commençons à rire: Hi! Hi! Hi! Mais je ne lui

laisse pas le temps de se rendre aux Ha! Ha! Ha!

—Grand-maman, ne riez pas... J'ai trop peur que vous vous étouffiez...

Je me blottis contre ma grand-maman chérie d'amour que j'ai failli perdre à tout jamais... Je glisse ma main dans la sienne. Nous marchons en silence... Sur le chemin du retour, on dirait que nos deux mains discutent ensemble. Celle de grand-maman me dit, d'un léger mouvement des doigts: «Je l'ai échappé belle.» Je lui réponds en serrant sa paume: «En effet!» Elle ajoute, en me caressant avec son pouce: «Je suis heureuse que tu sois près de moi.»

Je réponds du bout de l'index: «Grand-maman, je vous

aime et je vous aimerai toujours. »

« Moi aussi », répond-elle en laissant glisser une larme de joie sur sa joue ridée.

Fin

Fiches d'exploitation pédagogique

Vous pouvez vous les procurer sur notre site Internet à la section jeunesse / matériel pédagogique.

www.quebec-amerique.com